春日遲

凜之——著

目錄

1

豔紅

豔紅的裙子
福馬林液體裡僅有的鮮明
恍如隔世的午後
濃重的霧靄裡
一重一重剝離的情欲
那些溫煦的等待中的鳶尾花
裝裱在試管的囚籠裡
纖細的腰肢
和瘦削的手指試圖抓住的
濃鬱的情愛

蒼白的帶著細小顆粒感的肌膚
碎裂和背信的苦楚留下
豔紅色的烙印
吸吮著靈魂的無眠的淩晨
踟躕不前
穢褻的骯髒的死亡著的乖戾
曉霧逐漸濃重的暮光裡
虛情假意地哀悼
豔紅色的長裙

2

統計數字

孤獨感被操縱
獨立的個體被掐頭去尾
扁平均一地
凌遲成計畫中的圖景
少數派的四面楚歌
荒謬地在龐大的數字裡
找到歸屬性的膠著
另一些更加龐大的數字
覬覦著僅存的空氣
它們忖度形單影隻者的靈魂

殺伐開始的時候
慘烈的不只有湮滅的瞬間
還有妄加掩飾的嫉妒
無法成爲對方的
便要在統計數字裡消失
遙遠的地方
或者近在咫尺
眼中的光芒熄滅在纏繞的盔甲裡
目光交錯的瞬間
終於了然
曾經帶給自己溫暖的
是親手剝離的他人的盔甲

3

紅與黑

紅色的雙層巴士
紅色的摩天輪
紅色的霓虹燈
紅色的單肩包
在亂離、動盪、
寧靜又渺遠的
黑色裡浮現
消失
閃耀
冷卻

彼此視而不見
紅色在沒有光的地方
沉默
變成黑色
黑色跳動著
掙扎著
像曾經的紅

4

頭髮

絞纏在一起的頭髮
樹枝上止息著雲雀
並不吵鬧的夜晚
咕嘟咕嘟冒著泡的心緒
相互觸碰到的瞬間
像麵團發了酵
試探性地拋出石頭
咚地沉了底
晚霞蕩漾開
和腐爛的沙拉的味覺

錯愕轉開了頭
銅藍的電梯裡豔紅的數字
不斷變小的期待值
頭髮絞纏在一起
沙拉的鹹澀沉落到底

5

初雪

滿身淖泥的欲望
顫索不止
初雪只剩下灰燼
疏離感遊動
和冷空氣共同墜落
心臟是凝結核
卑渺的願景
在寂無人語的綿軟裡
纏繞糾葛
一一擊碎菲薄的悸動

掩埋進
純白的焰火

6

不告而別

歌單裡躺著的旋律
全是關於一個模糊的影子
連那些唇齒間的囈語
也慢慢地有了熟悉的氣味
不告而別的一月

像是
浮腫的白色塑膠袋
不斷鼓脹開的鬱愁
在自作多情的悲憫
和若無其事的譏誚

裡到處碰壁
鐵絲網割裂了天空和透明的綠
回憶與數字
在神經末梢生銹
沒有親手遞交出去的鐵塔
遺失在樂譜的最底層
夏日和冷空氣四手聯彈
不斷吐息
在某一個節點崩裂
沒有聲音的結尾
像是啞然失笑
又像是不告而別

7

米原

一個人坐電車
從西向東
風景在瞳孔裡不斷反射消解
從陌生的城市駛向陌生的城市
記憶横馳過棋盤狀的街區
與斷了絮的雲接軌
像耳機深處忐忑不安的情緒
和模糊了語序的念白
究竟在哪一個轉彎
潛藏著熟悉的身影

和吵鬧著吵鬧著
突然就低沉下去的語聲
禮貌地保持距離
在視線相交的時候避開視線
腳尖點地　又抬起
用節拍悄悄計算沉默的秒數
積雨雲在無盡的蒼旻沉睡
帶來形單影隻的彩虹
和灰白色的遠景一樣
鷹隼屏住了呼吸
便當的氣味是狹窄的立方體
倏然劃過螢光黃色的數字
加速度撞向鐵軌

傳來咣當咣當
的歎息
宛如不待整理的電子相片

8

桃紅起泡酒

木質調的潮汐
淹沒過琥珀色的眼睛
海棠花在仲春
打一個盹
配合著英國短毛貓
豎起的尾巴跳舞
在夜晚湧動的不只有
黑色的長筒高跟靴
還有
清醒的詩意

點綴了
數字　和話語的排列組合
秒針穿梭又坍圮
飽和的花香的風
就這樣溜進袖口
溜進泡沫
從透明的紅褐色裡
不斷掙扎上升
沸反盈天

默 9

沉默成爲一個足夠大的裂縫
你輕輕一跳就跨越過去
夜色闌珊
聽得到亙古的更漏
和繁花入溪的潺潺

10

6766

裝著滿口袋的慌張
和無人兜售的灑脫
洋洋灑灑
落下的玻璃渣
露骨的月季花瓣滲了紅
瓦斯特羅斯下著雪
下在 6766 公里外的森林
驕陽似火
炙烤的平原
蒼涼而猶疑

雪落下來親吻光禿禿的土地
背著口袋的人悄悄地溜走
生澀的腳底板
生澀的雪

11

老舊未來

一些說不清道不明的黑與白
淺淡的綠
沉寂了忽而喋喋的黃
悲觀主義
飄渺的情懷
和玩味的攝影作品
海潮撲面而來
倒退的記憶有檀香氣
在紙面上游走又止歇
回到一個交叉路口

四面八方紅色的燈
滴滴答答倒計時
交叉繞行的皮鞋
錯過的不能言明的藉口
零落的索然寡味的譏刺
在下一頁的句讀裡
等待
圖畫裡的女人露出馬腳

12

冬季

在冬季你變成一種深色的動物
和 emo trap 一起蜷縮
又伸展
燈芯絨褲子倒映西湖龍井
清醒著微笑
而我不明白
微笑怎麼會是一種清醒的狀態
你睡著的時候像一朵荷花木蘭
飽滿的白皙的盛開
一隻貓路過的時候

毛髮在陽光裡唱著金色的歌
你轉過身背對它
嘟嘟囔囔
像開不開罐頭的
四腳獸
同等幼稚

13

自圓其説

亞馬遜總是契合我的心意
在適當的時候推出一個寫作的人
剛好文字就走進你的心
不緊不緩
延遲的哀怨
現在它空空落落
另一些試圖取而代之的事物
不懂得我的心意
他們滿滿當當
七彩的　狡黠的　天真的　笑

在寫滿異域的幻想的風景裡
活的無拘無束
他們謀殺一捧素色的瓶花
妄圖自圓其說
還你一朵扭曲的向日葵

14

等雨

表達欲漫溢出來
臨界值兩邊的苦澀
把一種欲說還休的
遲疑凝固
熟悉的事物有著陌生的靈魂
荷塘裡荒煙蔓草
鷺鷥抬起細長的腳
荒誕感扶搖而上
你坐在亭子裡等雨
等一種譫妄的理解

15

錯失雨季

雨季蜷縮在發黴的角落
躡手躡腳踱過窗外
空調上閃耀的數字是25
錯過無數個下著雨的天空
只有陰濕的空氣像
棉布襯衫
熨帖每一寸皮膚
波旁香根草的氣息在舌尖舞蹈
和疏離的電波一樣
逡巡而迷惘

雨季的餘韻是
灰藍色
它撥開山嵐
撥開沉重的積雨雲

16

女人

泡溫泉的女人
在清理塑膠椅子上
他人的肌膚留下的空氣
淡米色的鬆弛的肌膚上
有黑色的不規則的痣
畫煙燻妝的女人
卸了妝
在赤褐色的岩石上躺平
飽滿而發紫的唇
輕輕地開合吐息

一些碎片化的旋律
戴珍珠耳環的女人
水霧從圓而光潔的
雙峰間蒸騰而上
她不停地將髮絲
別向耳後
夏日的累贅的繁星
忽地眨了眼
酒肆裡飄來
單簧管，薩克斯和
低音提琴的嗚咽
她們沉靜下來

側耳傾聽
她們都有琥珀色的瞳

17

虛幻的信仰

在你所感知到的
色彩聲音
便是我感知到的
一致無二的
虛幻的信仰裡
相信
我們的詞彙有同樣的隱喻
相信
我們對同一種語序感到親切
而當紅色沉入藍色

怎麼知曉
觸動我們的是同一種訊號
品嘗過的是同一種
甜膩過頭的
酸澀的苦味
如果我的辛辣
恰好是你的甜膩
而我們信以爲眞

18

葡萄抑或是明天

她買300元一箱的葡萄
一個季度的一次狂歡
晶瑩飽滿

夕燒裡凝佇的橙黃
人來人往的地下鐵
等一個人擦肩而過
一邊說著抱歉
一邊蹭過衣袖
在狹窄的貨櫃間
探頭

抓起一袋夾心牛角包
孤注一擲
葡萄木箱哐當墜地
她們同時伸出手
她看見她的唇
晶瑩飽滿
夕燒裡凝佇的橙黃

19

秋色在白色木椅裡漸深

給卡米耶

路燈瞬間熄滅的時候
記憶還停留在上一秒
夜色的反射弧長得嚇人
當風吹過的時候
我知道那些氣息已不同以往
它們穿過我的衣袖
同樣穿過
橘黃色的蓬鬆的鬈髮
和屬於盛夏飽和的藍

乘最早的一班火車離開
又或者是抵達
在每個人熟睡的時候
你和他們的夢有相同的溫度
你想把夏天留給
乾枯的灌木
金黃的麥子
或是寒凜的湖水嗎
當你坐在白色的木椅上
睡著的時候
昆蟲嗡嗡地發出聲響
像那些學院派的畫作裡
狡黠的隱忍的一筆

而我希望夏天燃燒起來
在灰敗的閣樓裡復活
和紅色的樹莓一樣
在你的灰藍色的眼睛裡

閃爍
閃爍
閃爍

在你等待的時候
秋色在白色的木椅裡漸深
我知道你怎樣逃離夏天
就像知道那些氣息已不同以往

20

義無反顧

試圖看清那些字句交融和相遇的過程
當視線移到中心的時候
首尾兩端變得極其模糊
清醒地意識到是在夢境的邊緣
掙扎著銘記
抓住最後一點語彙的餘溫
一個面孔和經歷顛三倒四的排列
我曾經看清過迷霧盡頭的鹿
但它在一重假定的現實裡
轉瞬跳躍不見

或許我還在另一重夢境裡
編織虛妄的神經性的竊竊私語
欲望和未抵達的情緒的末梢
迅速冰凍的湖水
我在那裡打撈過什麼
又義無反顧地沉沒了什麼
爲什麼冰藍色不再讓人覺得寒冷
而突然溫柔的視線
帶來懾人的呼嘯的冰雪
我們在經歷的過程中遺忘
感官的杯只有小得可憐的容積
在那些不斷反覆運算更新的情緒裡
我看到所有自以爲是的開始的結束

或許一切在那時出了錯
或許什麼都還來得及
但我們還是義無反顧地衝了進去
當終點昭然若揭的時候
同時也在
一切開始的地方靜靜等待
而我們義無反顧
而我們已無路可退

她 21

她什麼也沒聽清
但還是努力微笑
穿過人潮的玻璃
暗流湧動著
難以捉摸的思緒
月色在濃藍的酒液裡徘徊
汗液的味道停泊在金色的庭院
好像沒有什麼過往
陌生的語言勾連不起共通的未來
貼近另一個人的體溫

努力微笑
她什麼也沒聽清
月色晏婉
在濃藍的酒液裡

22

科尼亞轉舞

也許我們對彼此有興趣
也許沒有
最好沒有興趣
當我們目光相遇
像兩種不同頻率的橫波相遇
簡單地問好
簡單地告別
不求索更多的回應
也不希冀更深的糾葛
在絲線上跳一曲科尼亞轉舞

並不跌落
也並不踏錯節拍
被彼此的目光牽引
直到感受到
堅實的地面

23

春日遲

奔馳過田園的列車的某一個沒有時間性的清醒的存在的節點／情緒化的碎片迅速消逝在蕪雜的田疇作物飽和的露水上／當我們都忘卻彼此的存在／當我們存在在彼此的書頁裡／肆意擴散湮滅的墨水裡／我們想要抓住什麼呢／這飽和著的料峭的春日的晨光／我們還剩下些什麼／針織衫卷積的綿綢的愛／或者瞳眸裡奄奄一息的張惶／沉默將是無止境的／沉默成爲此時此刻彼此依存的唯一憑信／也許我們活在年邁的他者的畫作裡／在傾頹了的時代的末尾／我們正在被沉睡的機器羊所夢見／而我們隱忍的笑透過車窗的玻璃／在飛鳥的眼中／像是鬱慟的釀舊了的灰燼

從寒冬而來的遺落了起點的悄然沉寂著的歲月／遲遲的春日的熏紫的暮靄／跋涉過凜與暗的無涯的碎石路／

我們在這樣的列車上相逢／我們要去往何方／晦暗的光影的未央／異樣靈敏的聽
覺只餘下孤注一擲的逼狹的慰藉／泡影一般相擁的暖意／
無數個此去經年／無數個春日遲遲

24

復仇

我們的怯懦的自私的靈魂
和矯枉過正的鄙夷的歎息
不受控制地
對刀鋒一樣寒涼的話語
篤信至深
而棉花糖般甜軟的柔情
我們一再置若罔聞
被蓬勃的亮麗的勇敢的幻影
所背棄的我們
與死神締結盟約

如果時間是一柄匕首
把我們封存進歷史的皺紋
舔舐傷口的腥澀
和偷窺的卑劣的齧噬性的孟浪
在遮天蔽日的陰影裡把我們鎖在
下水管喉的青苔深處
家喻戶曉的名字歎息著起舞
嗆膩的油煙熏黑了紙頁裡
蒼白的竊竊私語
置之死地而後生的幽怨
對性靈的空落無以爲繼
我們還能對貧瘠的土地奢望什麼
沉澱的屋脊的藍瑩瑩的火光

延燒千里
漫捲過赤地之上每一個卑渺的
一息尚存的獸類
我們蟄伏在霜雪的搖籃裡
反復鍛造恨意的桎梏
被屠殺的父輩的熱烈的凝望
春風代替雙手畫地爲牢
洇黑的墨水流淌千年
字字斟酌
鼠目寸光者的刻舟求劍

25

只有背影的中年男子

只有背影的中年男子
在西裝布料裡膨脹
雪茄煙蔓延進石板路的縫隙
蔓延進燈光

糜爛的紫紅色
和許多緘默的人一樣
喧噪瑟縮在自己的世界
酒杯的玻璃掛不住月色
掛得住濕漉漉的吻
旁若無人的褐色頭髮

沙灘椅上的白裙子
糾纏在一起
黑夜像多數人一樣
蟄伏在玻璃幕牆的內側
厚重的帷幕
馬丁尼裡的橄欖在兀自發酸

26

古城

飄渺四散的心緒
是上一個輪回
寄身於這副軀殼的靈魂
留下的雪泥鴻爪
高跟鞋踢踏的夜晚
濃稠腥藍而碎裂的愛情
古老的都城鐘磬之聲流徙
喑啞的陰翳裡
愛人們的身影重疊
五官消弭

淺金的腐蝕性的驚人的類同
爲了練習忘卻而棲身於
蕪雜的龐大的傾軋覆裹的哀戚
填埋一種空洞的鄙陋
回憶和粉飾性的漆彩一樣靠不牢
往復躡蹀
半透明的多重性書寫

27

初夏的教堂

非常濃稠飽和的幻影
和殘破的春
琴鍵上的手指
堅忍　蕭索
編織一張網
網捕幼少時期的歎息

28

破碎

他無言
聽我們的話語
像風穿越寂靜
如筆
寫悸動於透明的淚痕
哀婉如果無法
自動凝結羽化成仙
破碎便成爲
未卜之途的必然終結

29

如何

如何畫一隻鹿
穿梭奔躍在城市的尾骨
如何停立駐足
聽風訴說微雨時的迷途
如何熟視無睹
跳一曲旁若無人的獨舞
如何安之若素
譜寫輪回宿命戲謔的蠱

30

如果

我是說如果
我們在開始的結束的開始裡死亡
我是說如果
我們在頹唐的溫良的頹唐裡復活
我是說如果
我是夢見的你在夢見的我
我是說如果
你是黎明裡沉澱的黃昏
黃昏裡醒覺的薄暮
薄暮裡沉眠的拂曉

31

男人和女人

她對於男人的愛
總是淺層而膚泛
她亦愛女人
可是尖刻而銳利
男人與女人的紅唇
如果只是清淺地觸碰
分辨不出
何者
更爲潮濕而儒弱
女人是斷了筋的發圈

男人是木匣裡
懨纏的灰

32

夏蟲語冰

嫉妒與愛
並無任何類同
但她們總是被混爲一談
自視甚高者
在春與盛夏的間隙
練習夏蟲語冰的小夜曲
歡愛和極度的愉悅
非常破碎而且
冰冷並短暫

33

閣樓

迷途不知返的鳥
用血淋淋的羽翼
藏滿哀婉淒絕的歌
夏日抽長了的默片
橫陳在記憶的終點
酒精所無法迷醉的往事
藉以猩紅的淚還魂
灰白的狎昵的音符
抽搐在吱嘎作響的木地板

34

緩慢

愛讓一切變得非常緩慢
喀什米爾木在城市譜寫
一首複調音樂
一切都還非常遲疑
一切都還是藍綠色
如果藍色有溫度
我想他是攝氏 38.9
如果綠色有音高
我想她接近於升 F
愛讓一切變得非常緩慢

狹巷裡的霓虹燈停止演講
乳酪製品停止和微生物的絮語
當我們接近於愛本身
一切都非常緩慢
一切都是藍綠色

35

恰到好處

普羅大眾令我厭惡
而你淺陋的刻薄
恰到好處

36

Ferrara

Ferrara 有太多 **r**
管風琴有太多排列組合
湖水不夠澄碧
而鳥雀不夠聒噪
喬治巴塔耶從白色床單上
用煙嘴吐出關於流浪漢
捲心菜三明治
和女性主義的
踉蹌判詞
眾人蹇蹇

太陽沉落的時候
詩人的靈魂燃燒
漁船所無法抵達的坪洲
在雪原深處隱沒
恥辱與野蠻忍俊
等一隻蠅用蚊血裝裱
饕餮後的荒誕

37

異鄉人

他送給他
純白的蝴蝶蘭
像是生命初期一般清潔的等待
幾乎散發出洛索洛芬鈉的鹹澀
他們在腐敗的木質傢俱間起舞
阿根廷的火辣的探戈式的舞步
他的手輕縛住他的掌心
他的鼻息落在他的頸項
擦肩而過的緊密的肉欲的張力
他默曉他的靈魂

遊蕩在另一個國度
塵沙邈邈的冰寒的夜月
異鄉人和他的駱駝走散
他小心挪開阻礙舞步的紙箱
急管繁弦的南國的樂聲嘈切
他們自顧自地起舞
異鄉人被困在敻古的大漠
等待他的駱駝
顯形在變換的沙丘
他知道他是沒有鎖的城池
他知道他是異鄉人
他等待他的駱駝
他等待舞曲的終結

蝴蝶蘭的凋敗
和夜月對他傾吐的秘語

38

自我之敵

那愁苦如墨染
一遍一遍重壓
而凝重只不過是漩渦
他將我縈繞
以思緒
以漫溢的自我之敵

39

細雪

富麗的多重性的裙裾
一盞爐香凝固了空洞的淚
隔著萬千的玻璃　纖維狀的碎裂
長鳴的汽笛只是不斷的囈語
希望有的時候年輕
有的時候
溫馴
有的時候
圓而肥滿
他有的時候

來
有的時候
遲
有的時候
失蹤
而總是細雪紛紛

40

從來

如果你只是蜃景的一部分
在日薄崦嵫處潛形
該怎麼分辨你的苦難
汪洋中的一抹冰藍
我知道你手腕處的刀傷
積聚著純白的焰火
墨汁沉澱了信仰
驕陽下的汗水滴落
寫無聲的吶喊於流沙
蒸發的年輕著的美

我知道明天
風中不會再傳來你的聲息
我知道你從未存在
我知道你從來都在

41

二十六歲的時候

給 m.j.q

我喜歡冷卻的狂歡
退潮的猩紅
浮腫的冬日裡濕漉漉的石板
我喜歡你
延期的電影節
悠長又悠長的等待
燃盡的線香花火
我喜歡防波堤
你走在上面／閉上眼微笑

熨帖的晚霞燙熟

一尾魚／思緒游離／

擱淺在點彩派的灰藍裡

我喜歡死亡

波蕩成一線的靜謐

迅速接近又迅即

逃離／你緊鎖的唇

Twenty-six years old

For m.j.q

I like the refrigerant revelry

The ebbing scarlet

The soggy slate of a puffy winter day

I like you
The postponed film festival
The long and drawn-out wait
Burned out threads of fireworks

I like the breakwater
You walk on it/close your eyes and smile
Afterglow ironed out, it scalded
a fish / thoughts wandering /
Stranded in the gray and blue of the pointillists

I like death

Undulating into a line of silence

Quickly approaching and quickly

escaped/ from your tightened lips

愛 42

焦糖色的肌膚起伏在
百轉千回的語序裡
墨藍如玉的峽谷像海誓山盟
解構　崩塌　重歸於
滄海桑田咽氣般的溺斃
謹小慎微回避的
某一個詞
是湍流在夾縫中不斷叩擊
海岸線退縮回原始的蛹

43

我們

就像我們再也不對話
就像我們以緘默餵飽了對方的靈魂
就像我們初見　某一種純粹的藍色
你在飽和度極低的虹彩裡展示笑顏
而那就像前拉斐爾畫派一樣
易逝　或者永恆

在你身邊
我完全是自己
我完全是我的所愛

我完全丟失自己　然後模仿自己
成為另一個自己

44

夢不適合多於三層

山月凌空似一曲禪茶幽隱
陶瓷碎裂處舔舐假借的堂皇
刀刃割穿春天的冷雨
走了許多年在遺忘裡鑲嵌著
並且暫停　呼吸
和錯過
皺紋因爲乾燥爬滿了溫鬱的酒杯
很難說是爲什麼延宕
濕潤不適合金繕
夢不適合多於三層

我至少是厭煩你的
純粹並且殘破

跋

一

黃而黏膩的水漬浸在下水管喉裡，鄰壁女人急管繁弦的陌生語言飄進來，舊式空調嗡嗡作響，漉漉漉的榕樹葉切碎了寡淡如雞蛋清的天宇，波德賴爾的書攤開，書頁隨風擺動，在不記得第多少次鷹隼劃過同一片猙獰醜陋的怪物狀民居之後，山桃花的香氣回到了我的房間。

二

十九到二十三歲，從質數到質數。
從凌晨四點到春日的式微。
這些詩寫於生活在兩座城市的雙重性孤獨的間隙。
集體性的平等主義在一種尖銳的布爾喬亞裡坍縮成堂皇的失語性的撕裂，書寫作爲一種與本我的對談和對時間迅即流逝的對抗，在多數迷惘的緻密的蛋殼外，成爲唯一可以擊破窒息感的石器。

寫詩的無用與私語態令我著迷。

今人與後人無論是誰碰巧翻開了這本詩集，因此得到怎樣的情緒，都不再與我有關，這樣大而無當，像是潮起潮落之後灘塗上的蟹，因爲是踽踽獨行而無所依憑的；像是美，松風水月之間逍遙而行，只是存在在那裡罷了。

三

太白的話，「我有紫霞想，緬懷滄州間。」

對月獨酌時的絮語亦如春日遲遲，暖陽當頭，霍地起了縠皺。都市里的浮囂在隔了山海的層樓之上，也自有一種天眞可愛。

詩是一種自我爲鏡的回憶，這回憶是對未來的虛構。

山桃花在融雪後的某一日遲遲綻放，這樣的惶然而穩妥，熟稔而簇新。

國家圖書館出版品預行編目資料

春日遲／凜之著. --初版. --臺中市：白象文化事業有限公司，2023.7
面； 公分
ISBN 978-626-364-054-2（平裝）

851.487　　112008794

春日遲

作　　者　凜之
校　　對　凜之
封面設計　凜之
發 行 人　張輝潭
出版發行　白象文化事業有限公司
412台中市大里區科技路1號8樓之2（台中軟體園區）
出版專線：（04）2496-5995　傳真：（04）2496-9901
401台中市東區和平街228巷44號（經銷部）
購書專線：（04）2220-8589　傳真：（04）2220-8505
專案主編　陳媁婷
出版編印　林榮威、陳逸儒、黃麗穎、水邊、陳媁婷、李婕
設計創意　張禮南、何佳諠
經紀企劃　張輝潭、徐錦淳
經銷推廣　李莉吟、莊博亞、劉育姍、林政泓
行銷宣傳　黃姿虹、沈若瑜
營運管理　林金郎、曾千熏
印　　刷　百通科技股份有限公司
初版一刷　2023 年 7 月
定　　價　200 元